¡Presentamos a Diego!

adaptado por Leslie Valdes
basado en el guión de Eric Weiner
ilustrado por Susan Hall

SIMON & SCHUSTER LIBROS PARA NIÑOS/NICK JR.
New York   London   Toronto   Sydney

Basado en la serie de televisión *Dora la exploradora*® que se presenta en Nick Jr®

SIMON & SCHUSTER LIBROS PARA NIÑOS
Publicado bajo el sello editorial de la División Infantil de Simon & Schuster
1230 Avenue of the Americas, New York, New York 10020
©2003 Viacom International Inc. Traducción © 2005 por Viacom International Inc.
Todos los derechos reservados. NICKELODEON, NICK JR., *Dora la exploradora* y todos los títulos,
logotipos y personajes son marcas registradas de Viacom International Inc.
Todos los derechos reservados, incluido el derecho a la reproducción total o parcial en cualquier formato.
SIMON & SCHUSTER LIBROS PARA NIÑOS y el colofón son marcas registradas de Simon & Schuster, Inc.
Publicado originalmente en inglés en 2003 con el título *Meet Diego!* por Simon Spotlight,
bajo el sello editorial de la División Infantil de Simon & Schuster.
Traducción de Argentina Palacios Ziegler
Fabricado en los Estados Unidos
2 4 6 8 10 9 7 5 3
ISBN 0-689-87749-8

Hi! Soy Dora y éste es mi amigo, Boots. Estamos en el Centro de rescate de animales, donde se atiende a toda clase de animales.

¡Iiip, iiip!

Ay, me parece que oigo algo. ¡Mira—Baby Bear se va a caer del árbol! ¡Aguántate, Baby Bear! ¡Ay, no—se cae, se cae!

¡Miau, miau!

Ahí viene mi primo, Diego. Va a salvar a Baby Bear. ¡Formidable!
Ese Diego es genial. Puede imitar los sonidos que hacen los
animales y hablar con animales silvestres.
¿Puedes decirle "errr, errr" a Baby Bear?

¡Ah, ah! Alguien pide ayuda. El cuaderno de campo de Diego le sirve para identificar distintos animales. Vamos a consultarlo para averiguar quién pide ayuda.

¡Es Baby Jaguar, que está en peligro! ¡Tenemos que ir a la cascada para ayudarlo!

Map dice que para llegar adonde está Baby Jaguar, tenemos que cruzar el bosque lluvioso y pasar por la cueva y así es como vamos a llegar a la cascada. ¿Nos ayudas a salvar a Baby Jaguar? ¡Rápido, rápido! *Let's go!*

¡Llegamos al bosque lluvioso! ¡Mira—ahí hay una cuerda! ¡Podemos pasar por las copas de los árboles y cruzar el bosque lluvioso!

¿Ves una escalera que se puede usar para subir?
¡Ay, no! A la escalera le faltan seis escalones. Vamos a buscarlos.

Gracias por ayudar a arreglar la escalera. Ahora vamos a salvar a Baby Jaguar. ¡Ufff!

¡Llegamos a la cueva! ¿Ves un oso polar?
El cuaderno de Diego dice que los osos polares viven sólo donde
hace frío. Aquí en el bosque lluvioso hace mucho mucho calor. . . .

¡Ay, no! ¡Ése no es ningún oso polar! ¿Sabes quién es? Es Swiper, ese zorro engañoso. Va a intentar llevarse el cuaderno de Diego. Tenemos que decir "¡Swiper, no te lo lleves!" Repítelo conmigo: "¡Swiper, no te lo lleves!"

¡Gracias por ayudarnos a detener a Swiper! Ahora tenemos que buscar la cascada. ¡Podemos usar el telescopio para ver las cosas que están bien lejos!

Allá está la cascada. ¡Y allá está Baby Jaguar! ¡Ya vamos, Baby Jaguar!

Podemos esquiar por el río para salvar a Baby Jaguar. Diego dice que si se lo pedimos, el delfín puede tirar de nosotros por el agua. ¿Me puedes ayudar a llamar al delfín? Di "¡clic, clic!" ¡Otra vez!

El delfín puede tirar de nosotros por el río, pero tenemos que usar algo para sostenernos. ¡Vamos a buscar en Backpack! Di "¡Backpack!"

¿Qué puede usar el delfín para tirar de nosotros?

¡Una soga! *Excellent!* Tenemos que agarrarnos de la soga. Pon las manos al frente y agarra bien fuerte. ¡Ohhh!

¡Fíjate, ya cruzamos el río!

¡Ay, no! ¡Baby Jaguar está a punto de caerse en esa enorme cascada! Diego dice que los cóndores nos pueden ayudar. Nos pueden llevar hasta donde está Baby Jaguar. Repite "¡grazna, grazna, grazna!" para llamar a los cóndores.

¡Grazna, grazna!

¡Rápido, rápido! ¡Nos tienes que ayudar a volar hasta donde está Baby Jaguar! Aletea con los brazos. ¡Más rápido!

¡Miau!

¡Viva! ¡Lo alcanzamos!

Salvamos a Baby Jaguar y ahora toda la familia de los jaguares está reunida otra vez. ¡Gracias por ayudar!